KB116141

잊은 게 아니라 지웠어요

초등학교 5학년 때 어울려 놀던 반 친구들 사이에서 따돌림을 당했다. 그때 처음 자해(自害)라는 것을 시작했고 그게 마치 유행인 듯 다른 친구들도 하나씩 나를 따라서 자해를 하기 시작했다.

어딜 가든지 가방 속엔 항상 커터칼을 지니고 있었고 손목엔 흉터를 가릴 손목 보호대를 항상 하고 다녔다.

나는 중3 가을을 어린이정신병동에서 보냈다. 거기서 쓴 일기를 공개하고 싶다.

"요즘 마음은 어때?"라는 질문에 나는 꽤 오랜 시간 동안 대답을 하지 못했다.

'마음의 병은 완치가 불가능'하다는 말이 맞는 것 같다.

두 달 동안 정신병원에 입원도 해 보고, 아침저녁으로 약을 한 줌씩 밀어넣어 봐도 하루 종일 시도 때도 없이 바뀌는 내 기분은 어쩔 수가 없다.

그래도 살아야지.
엄마 아빠가 있으니까.
글을 쓰는 것도 좋다.
글을 쓰는 동안은 우울함이 없으니까.

내 글이 세상에 나와서 나와 비슷한 경험을 가진 친구들과 가족들이 읽으면 좋겠다.
살고 싶으니까 계속 지켜봐달라고.
완치는 없더라도 악마처럼 살지 않을 거고, 좋은 일을 할 기회가 있다면 하면서 내가 살아갈 만한 사람이라고 보여주고 싶다.

Contents

● ● ● ●

잊은 게 아니라 지웠어요

글을 쓰는 이유

내가 이런 글을 쓰는 이유는 단 한 가지다.

나와 같은 증상을 겪고 있는 내 또래 아이들이

내 글을 읽고 모두가, 누구나 완전한 사람은 없다는 것을

알았으면…

나도 나만 이렇게 아프고 나만 이런 것 같아서 많이 힘들

었기 때문에

우울증을 겪고 있는 사람이 소중한 내 단짝 친구일 수도

있고, 어쩌면 나 자신일 수도 있다.

그러니 정신병원에 다닌다는 사실을 너무 이상하게 생각

하지 않았으면 좋겠다.

감기에 걸리면 병원에 가듯이

마음이 아프면 병원에 가는 게 당연한 것이기 때문에.

우울의 시작

초등학교 5학년 때 어울려 놀던 반 친구들 사이에서 따돌림을 당했다. 나는 그때 처음 자해라는 것을 시작했고 그게 마치 유행인 듯 다른 친구들도 하나씩 날 따라서 자해를 하기 시작했다. 죄책감이 몰려왔고 감당이 안 돼 처음으로 죽고 싶다는 감정을 느꼈다. 그때 처음으로 상담 센터를 다니며 상담을 받았었다.

어딜 가든지 가방 속엔 항상 커터칼을 지니고 있었고 손목엔 흉터를 가릴 손목 보호대를 항상 하고 다녔다.
초등학교 졸업사진에는 자해 흉터를 가린 붕대가 내 팔목에 감겨 있다. 그게 트라우마로 남아서 중학교 졸업사진을 찍지 않았다.
뭐든지 처음이 중요하다고 하는데 나는 처음이 내 생각보다 너무 힘들었었나 보다.
지금은 정신과 약을 먹으며 온갖 부작용을 겪는 중이고 하루하루를 어떻게 버티며 살아갈지 고민한다.
그래도 시작이 있으면 끝도 있듯이 내 우울도 분명 끝이 있을 거라 믿는다.

잊은 게 아니라 지웠어요

상처 안 받고 당당해지는 법

엄마 품에 안겨 울었다.
어제 헬스장에서 어떤 할머니가 팔이 왜 그러냐고 물었
다.
다쳐서 그랬다고 대충 넘기려 했는데 자꾸 되물었다.
꾹 참았다. 울고 싶었는데 꾹 참았다.
하루를 잘 넘긴 줄 알았는데
오늘 뜬금없이 눈물이 나왔다. 계속 나온다.
엄마는 상처받기 싫으면 숨기라 했다.
상처 안 받을 자신 있으면 당당하라 했다.
상처 안 받고 당당해지는 법은 없을까.
언제쯤 나는 내 아픔을 인정하고 떳떳해질 수 있을까.
언제쯤 이상한 사람에서 벗어날 수 있을까.
다 끝내고 싶다.
다 끝내서 더 이상한 사람 되기 전에 덜 이상했던 사람으
로 남고 싶다.

퇴원
·········

퇴원을 했다. 65일이라는 긴 시간이 주마등처럼 스쳐
지나간다.
영영 퇴원하지 못할 것만 같았는데 내가 바깥세상에
나오게 되다니 너무 설렜다.
아니 사실 두려웠다.
정해진 시간에 맞추어서 하라는 대로 시키는 대로만
하며 병원에서 지냈는데
갑자기 나오게 되다니 외계인이 UFO에서 추락한 기분이
들었다.
스마트폰도 적응이 안 됐고 밥 먹는 시간대도 익숙지
않았다.
엄마는 약이 왜 이렇게 늘었냐며 놀라셨고 나는
무덤덤했다.

피어싱이 11개나 있었던 나는, 매일같이 네일아트를 받아
왔던 나는 아무것도 없는 내 귀와 밋밋한 손톱을 보며 한
참 동안 생각에 잠겼다.
나는 퇴원한 후 우울감이 아예 없진 않다.

잊은 게 아니라 지웠어요

없을 거라고 기대하지도 않는다.

그냥 그전에는 짜증 나고 화나면 나에게 상처를 주는

방법밖에 몰랐다면

지금은 말로 도움을 요청할 수 있다는 걸 아는 거 정도?

그걸 배워온 것 같다.

65일의 정신병원 생활은 다시 하고 싶지 않다.

환각

병원 안에서 남들 눈에는 보이지 않는 무언가가 보였다.
거미 무리가 벽에 득실득실 기어올랐다.
그것들은 밤마다 나를 괴롭혔다.
나는 소리를 질렀고 울었다.
보호사 선생님은 선생님이 여기 있으니까 괜찮다면서 나
를 타일러주셨다.
나중에는 거미가 보이지 않았다.
약을 바꾸고 나서부터인 것 같다.

잊은 게 아니라 지웠어요

이 언니랑 같이 방 쓰기 싫어요

나와 일주일 정도 2인실을 썼던 동생이 있다.

나는 성격이 그다지 모질지 않아서 사람들과 자주 다투는 법이 없었는데 그 동생과는 이상하게 자주 다퉜다.

어느 날은 내가 화장실에서 볼일을 보고 있는데 그 동생이 일부러 문을 열고 간 적이 있다. 그러지 말라고 했는데 또 그랬다.

속상해서 혼자 울었다.

그때 처음 화장실에서 몰래 우는 게 얼마나 서러운 일인지 알았다.

그 동생은 내 앞에서 무릎을 꿇고 눈을 감으며

"이 언니랑 같이 방 쓰기 싫어요, 왜 내가 이 언니랑 같이 방을 써서…"라고 기도하는 시늉을 했다.

정말 속상했다.

나도 아파서 온 건데 나도 힘든데 왜 나한테 이러는지.

이별과 만남

병원 생활이 익숙해질 때쯤 거기서 좋게 지내던 언니가 퇴원하게 되고, 친했던 사람들이 퇴원했다. 병원으로 새로운 사람들이 들어왔다. 이별과 만남, 그런 것들이 싫었다. 점점 집에 가고 싶었다.

하지만 내가 집에 가고 싶어도 갈 수 없다는 것을 안다. 내가 괜찮아져야 가족들을 보는데, 내가 건강해져야 집에도 갈 수 있는데…

괜찮아지는 법을, 건강해지는 법을 모르겠다. 마음으로 알아도 행동으로 안 된다.

어쩌면 이제는 마음으로 알았던 것도 잊어버리는 것 같다.

매일매일 문 앞에서 울었다.

코로나 때문에 가족들을 못 보고, 산책도 못 한다.

전화 면회

목요일마다 전화 면회를 한다.

엄마의 목소리를 듣자마자 울음을 터트렸다.

"엄마, 너무 힘들어. 엄마, 너무 보고 싶어. 제발 나가게 해 줘 엄마 제발…."

내가 너무 심하게 울면서 말하니까 옆에 있던 간호사 선생님이 제지를 하셨다.

엄마도 사람이라 마음이 약해질 수가 있다고, 내가 치료가 완전히 된 상태에서 퇴원을 해야 하는데, 그러면 가족들도 너무 힘들다고…

그 뒤로 나는 거의 매일 편지를 썼다. 내가 직접 전해줄 수는 없고, 보호사 선생님들이 엄마가 내 물품을 가지러 왔을 때 엄마에게 전해준다.

병동에는 밖으로 나갈 수 있는 문이 두 개가 있는데 이중문이다. 그래서 절대 나갈 수가 없다.

병원 동생이랑 창문을 깨고 나갈까 아니면 간호사 선생님 옷을 입고 위장해서 나갈까

이런 생각도 했었다.

1박 2일 외박

1박 2일간 집에 갔다.

퇴원을 할 수 있을지 준비? 연습하는 단계이다.

처음으로 아빠 엄마 오빠를 봤는데 너무 행복했다.

나와서 제일 먼저 한 일은 엄마를 껴안은 것.

엄마 냄새가 너무 좋았다.

거긴 온통 병원 냄새, 병원밥 냄새, 소독약 냄새뿐이니까

정겨운 엄마 냄새가 그리웠다.

그리고 먹고 싶었던 음식을 먹었다.

그리고 제일 소중한 내 친구를 만났다.

그냥 집 앞 카페에 가서 이야기 나눴다.

아주 나중에 들은 얘긴데 눈이 퀭하고 말도 좀 이상하고

정말 말로만 듣던 정신병원에 있는 사람 같았다고 했다.

정말 내가 아닌 것 같았다고.

24시간이 너무나도 모자랐다.

근데 병원에서 8시에 자서 6시에 일어나는 습관이 익숙

해져서 그런 걸까.

집에 와서 엄마 얼굴 몇 번 보지도 못하고 잠들었다.

잊은 게 아니라 지웠어요

다음 날에 바로 병원으로 들어가야 했다.
너무너무 아쉬웠지만 금방 다시 건강해져서 나오기로 엄마랑 약속했다.

핸드폰

퇴원 후 처음으로 핸드폰을 잡았다.

두 달 만에 접하는 문명이었다.

원래 내가 심각한 스마트폰 중독이었는데 타자 치는 방법

을 까먹어서 문자 보내기가 조금 어려웠다.

그래도 뭐 그건 일주일이면 금방 익숙해지더라.

자해 도구

병원엔 칼을 가지고 갈 수 없었다.

나는 처음에 손톱으로 손목을 꼬집었다.

일요일마다 손톱을 자르는데 몰래몰래 조금씩 길게 잘랐다.

그리고 연필깍지를 부숴서 했다.

연필도 부쉈다.

결국 나에게는 연필 사용이 금지되었다.

방문에 꽂혀 있던 나사도 빼었다.

안경알을 빼어서 이빨로 부쉈다.

안경은 다시 맞춰야 했고, 난 병원 밖으로 나갈 수 없기에 엄마가 다시 맞춰와야 했다.

엄마 얼굴을 볼 순 없었지만 표정은 알 수 있었다.

너무너무 미안했다.

하지만 난 얼마 지나지 않아 마스크에 있는 철심을 빼서했다.

나는 천 마스크만 쓰게 됐다.

하지만 그 뒤에도 난 내 주먹으로 머리를 치는 등 위험한 행위를 많이 했다.

지금 생각해 보면 보안관 아저씨께는 내가 절대 이길 수
없는데 오기로 버텼던 것 같다.
그땐 제정신이 아니었으니깐.

마음병동에서 만난 사람들

병실 침대에 가만히 누워만 있으면 옆방 언니가 와서 무슨 일 있냐고 물어봐줬다.
또, 언니가 지친 표정으로 창밖만 한없이 바라보고 있을 때면 내가 언니한테 무슨 일이 있냐고 물어보았디.

우리 병동에는 규칙이 참 많았다.
너무 많아서 기억나는 것만 적어 보자면
화장실 같이 들어가지 않기,
남자 여자 따로 앉기,
머리 묶기,
귓속말하지 않기,
다른 친구 침대 앞 가지 않기,
개인정보 말하지 않기,
간식 나눠 먹지 않기
등등
이 규칙을 어기면 규칙쓰기를 해야 한다.
엄청 긴 규칙종이를 10번씩 따라 쓰는 거다.

언니랑 내가 한창 친해졌을 때 화장실에 같이 들어가서
세수를 하고 있었다.
화장실에 같이 들어가면 안 된다는 규칙이 있다는 것도
까먹고 너무 재밌게 떠들면서 세수를 했다.
그러다 간호사 선생님에게 들켜 규칙쓰기를 했다.
그 뒤로 우리는 더 돈독한 사이가 된 것 같다.
매일 간식시간에 같이 먹고
밥도 같이 먹고
프로그램도 옆에서 하고
같이 탁구도 치고

우리 병원은 3개월이 최대 입원 가능 날짜인데 언니는 나
보다 더 일찍 들어와서 더 먼저 퇴원을 했다.
난 그 뒤로 매일 언니 생각만 했다.

사실 우리는 선생님 몰래 연락처를 주고받았다.
그래서 나는 빨리 퇴원하고 언니한테 연락해야지 라는
생각만 머릿속에 가득 찼다. 언니의 전화번호를 적은 종
이는 꼬깃꼬깃 구겨지고 젖었지만 들키지 않고 잘 가져와
서 우리는 지금까지 연락을 주고받고 있다.

언니는 음악을 전공하는데 가끔 안정실에서 언니가 악기를 연주했다. 적막한 병원 안에서 그 악기 소리가 너무나 아름다웠다.

나도 예전에 피아노와 바이올린을 배운 적이 있었고, 언니가 연주했던 그 악기는 내가 예전부터 배우고 싶어 했던 꿈의 악기이기도 했다.

그 언니와 나는 둘 다 교회를 다닌 적이 있어서 같이 CCM이나 찬송가를 부른 적이 있다. 서툰 노래 솜씨였지만 병실에서 조곤조곤하게 부르는 노래가 좋았다.

우리는 아픈 시기도 비슷했기에 짧은 시간에 더 가까워졌던 것 같다.

병원에 계신 분들과 다시 볼 수만 있다면 안부 인사 드리고 싶다.

간호사 선생님, 보호사 선생님, 주치의 선생님 모두.

그중 제일 보고 싶은 사람은 내 담당 간호사 선생님.

남자 선생님인데 무척 섬세하시다.

현실적인 조언을 많이 해주셨고 그림도 잘 그리신다.

선생님은 병동에서 자해 충동이 들 때 만지라고 귀여운 스트레스 인형을 사주셨다.

잊은 게 아니라 지웠어요

그 인형이 도움이 많이 되었다. 너무 많이 만져서 닳고
닳았다.

SNS로 간간이 선생님 소식을 알고 있다.

내가 선생님 드리려고 쓴 편지가 있는데 아직까지 전해드
리지 못했다.

아직 내가 완전하지 못한 상태라 너무 부끄러워서…

얼마 전에 또 편지지를 하나 샀다.

편지 한 번 더 써 보려고.

전해드릴 수 있을진 모르겠지만

일단 써 보면 언젠간 전해드릴 수 있겠지 하는 마음으로.

그 선생님이 내가 제일 좋아하는 문구가 뭐냐고 물어보셨
었다.

눈이 녹으면 뭐가 되냐고 선생님이 물으셨다

다들 물이 된다고 했다

소년은 봄이 된다고 했다

윤선민 – 윅슬로 다이어리 中에서

라는 문구를 말했다. 선생님은 나에게 책갈피를 만들어
주셨다.

너무 소중하게 간직하고 있는 내 책갈피다.

말 한마디

매 순간 모든 것에 의미를 두지 말자고 생각하지만
그 사소하고도 자잘한 의미 부여가 나를 살게 하는 힘이
란 것을 어느 누가 알까.
칭찬의 반은 거짓인 걸 알면서도 그 말 한마디가 한 사람
의 인생을 바꾸게 하는 데 큰 힘이 되는 걸 알긴 하는 걸
까.
별 뜻 없는 말 한마디에 내 기분은 최고와 최악을 오르락
내리락한다는 사실을 알아주긴 할까.

잊은 게 아니라 지웠어요

오늘인가 봐

중학교 졸업앨범에는 내 얼굴이 없다. 졸업사진을 찍을 때 나는 한참 아팠다.

오히려 잘 되었다고 생각해. 친구들이 내 얼굴을 기억하지 못하기를 바라. 졸업식에 못 가서 그토록 받고 싶었던 꽃다발도 받지 못했지만 그래도 무사히 졸업했어.

3년이란 길다면 길고 짧다면 짧은 시간 동안 나는 배운 게 참 많았던 것 같아. 친구에게 먼저 인사하는 방법도 배웠고 내가 싫어도 꼭 해내야만 하는 게 있음을 배웠어. 나를 이유 없이 싫어하는 사람이 있을 수도 있다는 사실을 깨달았고 나도 모르는 이유가 있을 수도 있다는 사실도 알았어.

항상 내 곁에는 나를 지켜주는 든든한 우리 엄마, 정겨운 친구들이 있다는 것도 느꼈어. 그런데 사실 난 내가 앞으로 혼자 걸어가야 할 길이 너무 무섭고 깜깜하게만 느껴져.

어느 날에는 갑자기 예전 기억이 떠올라 하루 종일 운 적도 있고 괜찮은 척 속으로 울음을 삼킨 적도 몇 번 있어. 일부러 슬픈 노래를 들으며 내 눈물에 대한 이유를 만들어 본 적도 있고 지난 일을 생각하지 않으려고 아직도 그 길만 피하며 다니곤 해.

이런 내가 길고 긴 터널을 무사히 지날 수 있을까. 아직 포기하기에 이르다는 거 너무나도 잘 알아. 그래서 열심히 하려고 하는데 잘 안 되는 걸 어떡해. 너무 힘들어 누군가에게 그냥 투정 부리고 싶은 날 있잖아.

그게 나한텐 오늘인가 봐.

너네가 부러워

네일아트학원 마치고 집으로 돌아오는 길에
교복 입고 하교하는 너네가 보여
누구에겐 당연한 하루가
나에겐 다시는 돌아갈 수 없는 추억으로만 남겨질 때
기분이 참 묘해
나는 나름대로 내 삶을 멋지게 꾸려나가려 하는데
내 나이에 맞는 삶을 살지 못한다는 생각이 들 때
너네가 너무 부러워
너네가 갖지 못하는 것들을 내가 모두 가진다 해도
너네가 하기 싫은 공부를 나는 아예 하지 않아도 될지언정
나는 너네가 너무 부러워
교복 입고 자연스럽게
학교에 오고 가는 너네가 부러워

호캉스 가기 전날
....

내일 친구들이랑 호캉스 가는데 밤에 나 혼자 또 우울해
질까 봐 겁난다
약은 어떻게 숨기며 어떻게 몰래 먹지
엄마는 매일 먹는 약만 챙기고 필요시 약은 챙기지 말란
다
나 또 우울해서 애들한테 피해 줄까 봐 무서워요

참 웃기지

내가 내 몸에 일부러 상처를 내면서 약을 바르고 붕대를
감으며 스스로 그 상처를 치료하고 있어.
너무 모순적인 거 나도 알아. 참 웃기지.
근데 나도 죽는 게 무섭긴 한가 봐.
어쩌면 한 번쯤은 각박한 세상 속에서 악착같이 버텨 살
아보고는 싶은가 봐.
내가 더 불행해졌으면 좋겠다.
한없이 밑으로 내려갔으면 좋겠다.
내 주위 사람들이 매일 나에게 채찍질하며 내 상처를 외
면했으면 좋겠다.

누가 그랬다. 정신병원엔 정작 와야 할 사람은 안 오고
그런 사람들한테 상처받은 사람들만이 온다고. 참 웃기
지.

우울함의 담을 부수고

오늘도 나의 불안을 이야기하니 먹어야 할 약만 더 늘었다. 사실 우울증은 완치가 불가능하다는 것을 나는 안다. 사람들은 아픔과 결핍이 있어야 채워진다는데 도대체 얼마나 더 아파야 채워지는 걸까. 그럼에도 우리 엄마는 나에게 마치 어둠이 아닌 새로운 세상이 있다는 것을 알려주고 싶다는 듯이 매일같이 날 병원에 데리고 다닌다.
하지만 나는 매일 죽을 궁리만 해 왔다.
어떻게 해야 가족들이 덜 속상해할지
어떻게 해야 떠난 뒤 뒤처리가 쉬울지
어떻게 해야 모두가 날 잊고 행복하게 잘 살아줄지.
그래 오늘은 맛있는 걸 먹었으니 다음에 죽자
오늘은 내가 좋아하는 눈이 왔으니 다음에 죽자
오늘은 예쁜 노란 고양이를 봤으니 다음에 죽자
이렇게 미루며 살다 보니 어느덧 1년이란 시간이 지났다.

물과 기름이 서로 섞이지 않는 것처럼 나는 그 어떤 존재와도 섞이지 못했다.

다람쥐 쳇바퀴 돌듯 내 인생은 아무리 노력하고 연습하고 애를 써 봐도 항상 변하지 않고 제자리였다.

이렇게 하루하루를 무기력하게 자기만의 세계에 나를 가두며 사는 것이 정답이 아니라는 것을 알지만 고쳐지지 않는다. 의욕 넘치게 내 삶을 만들어 나가려 했던 과거와는 달리 지금의 나는 너무 한심하고 비참하다.

아직도 내 힘듦을 보듬어 줄 내 그릇이 너무 작은가 보다. 힘든 걸 부끄럽게 생각하고 외면하기 일쑤다. 친구들과 노는 도중 영양제인 척 약을 같이 섞어 먹고 한여름에 괜찮은 척 긴팔 옷을 입고 다닌다. 어쩌면 내가 아프다는 사실을 인정하기 싫어서일 거다. 부끄럽기 때문이다. 남들과 다른 내가 들키기 싫어서이다.

이유 모를 우울감에 지배되어서 하루를 의미 없이 보내야 하는 걸까? 하루 종일 생각해 봤다. 그러나 이유 없는 우울감은 없더라. 내가 우울증이 있으니까. 우울한 것도 이유가 되더라.

갤러리를 확인하던 중 우연히 이 년 전의 나를 봤는데 너무나 행복해 보였다. 찬란했던 파도는 지나간 지 오래고, 지난날이 그리웠고 다시 행복해지려 그 수면 위로 올라가고 싶지만 마음처럼 되지 않아 거울 속에 비친 내 모습은 너무 부질없고 한심하다.

점점 내 공허함에 중독되어 가 내가 올린 우울함의 담이 높아진다. 누군가 그 담을 부수고 들어와 주면 좋겠다.

내 손목이 부끄럽지 않았다면

나는 몰랐다. 내 마음은 너의 얄팍한 관심 그 하나로 다 채울 수 없음을. 수많은 일들을 겪고 나서야 우리의 관계가 실속 하나 없는 빈 껍데기에 불과하다는 사실을 깨달았다.

아니, 애초에 아무것도 채워져 있지 않았기에 그렇게 맥없이 무너졌던 게다. 그리고 깨달았다. 나는 현재를 살고 있지만 어렴풋이 생각나는 과거의 행복한 기억들에 의존해야만 오늘을 버텨낼 수 있다는 걸.

충동의 새벽을 견뎌 가까스로 맞이한 아침에 모두가 날 향한 눈빛이 불쾌하게만 느껴진다.

내 손목이 부끄럽지 않았다면
내 피부에 죄악을 아로새기지 않았더라면
내가 이 세상에서 살아가기에 조금 더 알맞았을까?

푸념에서 체념으로

"힘든 걸 부끄럽게 생각하고 외면하기 일쑤다. 그러니까 나는 무엇도 되지 않았다."

열일곱 살이 이런 말 한다고 남들은 웃는다.

이미 의지를 상실해 버린 인간이 설 만한 자리는 어디에도 없었다.

피폐해진 내 정신은 집 밖으로 산책 한 번 나갈 수 없는 사람으로 만들었고. 기억력조차 점점 감퇴하였다.

세상과 사회와의 단절은 아무 노력 없이 전개되었고, 내 우울의 동굴에 가장 좋은 조건이 되어주었다.

본래 형태를 잃어버린 인간은 대체 무엇으로 존재를 증명해 내야 하는 것일까.

나는 얼마나 더 오롯한 인간인 척 삶을 연기할 수 있을까.

거짓된 다정함에 사랑이라는 이름을 붙여 나는 사람을 대했고 그렇기에 그 사람의 전부를 다 알지 못한 채 잃고야 말았다. 이미 내 마음속 한구석에 자리 잡은 죽음에 대한 갈망은 점점 커져갔다.

푸념에 불과하던 내 글이 점점 체념에 가까워지고 있다.

잊은 게 아니라 지웠어요

잊은 게 아니라 지웠어요

사실 저는 잊은 게 아니라 지웠어요.

진실을 부정하고 외면했어요.

사실은 부정하면 안 됐었는데 서둘러도 섣부르면 안 됐었
는데 내 조급함을 핑계로 매일을 후회해요.

과다 복용으로 잊고 싶었던 건 옛날의 아픈 기억들이었
고 벌어진 손목에서 보고 싶었던 건 기피와 소외가 아닌
동정이었어요.

사람을 습관적으로 좋아하고 그걸 세기의 사랑이라고
착각도 했어요.

힘겨운 겨울이 지나면 겨울을 그리워하는
제가 우습나요?

하루를 이유 없이 버티며 살아가는 건 괜히 혼자서 특별
한 이유도 없이 간절하기 때문일까요?

어두운 밤은 왜 그리 길었는지 누굴 탓할 수도 없어요.

사랑이란 그런 거

파도 소리에 묻혀버린 내 목소리를 들어주는 네가 좋았다.
한순간 크게 불타오르고 금세 또 식어버리는 그런 폭죽 같은 사랑밖에 할 줄 몰랐던 내게 천천히 디오르는 장작 같은 사랑도 있다고.
그런 사랑을 알려준 사람이 있었다.
가만히 멈춰있는 것처럼 보이지만 남몰래 조금씩 움직이는 구름처럼 우리도 천천히 가다 보면 결국은 만날 줄 알았다.
나는 그저 네가 내게 소중한 그림처럼 남아주기를 원했다.
너랑 한없이 나태해지고 싶었다.
행복에 무뎌져 행복이 일상이 되는
너와 그런 삶을 원했다.
마지막 페이지에 서서 보니 결국 우리도 금세 식어버리는 폭죽 같은 사랑이었다.
어는 건 오래 걸려도 녹는 건 쉽듯이
사랑이란 그런 거더라.

잊은 게 아니라 지웠어요

나는 촛불같이 작은 불씨를 가진 빈약한 사람이라.
내가 주는 사랑도, 내가 받을 수 있는 사랑도 한정적이었
다.
길을 잃은 나에게 지도를 건네준 너는 내게 운명이었다.
너를 통해 이 세상을 더 넓게 볼 수 있었고
행복했었다.

제발 다시 제자리로 돌아갈 수 있기를

내가 잊어야만 하는 건 우리의 추억이 아닌 그 애가
생각 없이 베푼 과잉이었고
가장 애틋했던 시절 우린 꾸며낸 말에만 몰입해
솔직함이란 안중에도 없었다.
결핍으로 부푼 우리의 마지막 순간엔 너무나도 당연하게
굳은 애정 표현과 차갑게 식은 마음만이 남아 있었다.
제발 다시 제자리로 돌아갈 수 있기를, 제발 나에게 다시
돌아와 주기를.
나의 울음에 대답하던 그대가 그리워 새벽을 울음으로
빈틈없이 채우는 날이 많아지고 역시 넌 지금 내가 필요
없는 거겠지라는 생각이 머릿속을 가득 채울 때
당최 쌓아둔 설움과 애증을 털어놓을 자리도 없고 그런
건 배운 적도 없어서 눈물로 새벽을 채웠다.

솔직한 사람

나는 어느 순간부터 행복할 때 진심으로 웃는 법을
까먹었다.
어쩌면 정말 행복하다고 느끼는 순간이 없었던 건지도
모른다.
이런 내가 너무 밉고 밉다.
내 감정에 솔직한 사람이 되고 싶다.
내가 진짜 솔직해져도 나를 좋아해 주는 사람이
있었으면 좋겠다.
내 가면 속 진짜 나를 이해해 주는 사람이 정말 있긴
할까?
아직도 사람이 너무나 두렵다.

'외사랑'이라는 이름

미움받을 용기는 죽어도 없었고, 사랑하는 것을
놓아줄 용기는 더더욱 없었기에
진심으로 사랑하지만 가질 수 없는 이가 있다.

정말 사무치게 사랑해요,
눈물 나게 보고 싶어요,
더 이상 무슨 말이 더 필요할까요?
내 진심 어느 단어로도 다 담아내지 못하는데
그때는 내가 사랑을 잘 몰라서
어떻게 사랑해야 하는지 몰랐었다고
그저 좋다고 바라만 보고 있으면 되는 줄 알았다고
이미 늦어버린 고백이 미련스럽지만
이 새벽에 울음 꾹꾹 눌러 담은 글 전해봅니다.
사랑해서 놓아준다는 말
이제는 이해할 것만 같아요.

그 사실을 깨달은 날에
가까스로 살아남은 몇몇의 꽃송이들에게
애처로운 '외사랑'이라는 이름을 붙여주었다.

시든 꽃에 물은 왜 주나요?

누가 나를 사랑할 수 있겠어.
시든 꽃에 물은 왜 주나요?
이미 시들어 버린 꽃을 좋아하는 사람이 어디에 있다고.
내 몸에 수많은 술들은 그지 내가 살아오던 많은 길들
중 지름길일 뿐이에요.
내가 스스로 선택할 수밖에 없었던 나만의 길.

나는 비 오는 날이 좋아요.
소리 내어 울 수 있으니까.
애써 내 아픔을 숨기지 않아도 되니까.
내일은 사람들도 보고
가게들의 빛도 좀 보고 해야지.
나도 다른 사람처럼 살고 싶어요.

잊은 게 아니라 지웠어요

우연으로 이루어진 우리

나는 원래 집이랑 제일 잘 어울리는 사람인데
내 일상을 공유하는 건 나 혼자 쓰는 일기 하나로 족했고
사람 목소리를 들으며 대화를 주고받을 자격조차 없는데.

누군가에게 소중한 인연이 아닌
그저 모든 순간이 우연으로 이루어진 우리였는데
이게 내 일과라고 착각하는 순간부터
너도 내 것이 됐다고 생각했어.

너를 향한 내 마음은 내게 너무나 사치여서
이런 결말일 수밖에 없었나 봐.
지독히 괴롭던 아픔도 곧 추억이란 선물로 남겠지.
따뜻한 봄이 오고 있는데 나는 아직 겨울에 머물러
있나 봐.
창밖엔 하루 종일 눈이 내려.
다음 소설에선 내가 꼭 멋진 배역을 맡길 기도할게.

차라리 몸이 아팠으면 해

하늘은 왜 맑아
나는 이렇게 비참한데
널 잊고 살려 해도
네 손길이 닿았던 모든 것들과 마주쳐
날 힘들게 해.
그래도 널 지우기 싫어.
이게 맞는 걸까?
짙고 어두운 그림자 사이로 내가 비추는 빛의 밝기는
조절이 안 되나 봐.
내 기분은 항상 끝과 끝을 달리네.
차라리 몸이 아팠으면 해.
나는 미련하게 맘이 아파 티도 못 내.

내가 태어난 날이 무슨 대수라고

3월 30일, 내 생일.

잠에서 깨어난 후 뜬 눈으로 아무것도 할 수가 없었다.

내가 순간 핸드폰을 켜면 불행해질 것을 알기 때문에.

예전의 기억들이 돌아올 것만 같기 때문에.

그냥 태어나지 말 걸 그랬나.

그치 그렇지, 그깟 생일이 뭐라고.

축하한다는 말 한마디가 뭐라고 그게 그렇게 듣고 싶다고

그거 한 번 못 들었다고 이렇게 우는 거야?

그래도 작년처럼 후회로 보내기는 너무 싫어.

그래 내가 태어난 날이 무슨 대수라고.

아 모르겠다 그냥 몰라요.

나는 아무리 값비싼 금목걸이 대신

진심이 담긴 편지 한 장이 더 받고 싶었고,

밖에서 먹는 맛있는 음식보다

엄마가 해준 음식을 도란도란 나눠 먹고 싶었어.

기억되고 싶다

가끔은 그렇게 밉던 학교가 그립기도 해.
인스타 스토리를 넘기다 보면 친구들끼리 모여 앉아 찍는 사진을 보면
누구에겐 당연한 일상인 하루가 또 누구에겐 다신 돌아갈 수 없는 추억으로만 남겨질 때 너무 서글퍼.

나는 해보고 싶은 것도 많고
내 귀여운 강아지랑 앵무새는 항상 나만 기다리고 바라보고 있는데
내가 죽어버리면 걔네는 세상, 전부를 잃은 거니까
나는 걔들보다 먼저 죽을 수 없다.
무엇보다 내가 죽으면 아무도 슬퍼해주지 않을 것 같아서 무섭다.
그래도 조금만 더 크면 날 위해 울어줄 몇 명의 친구는 생기겠지?

오늘도 나의 불안을 이야기하니 약만 더 늘었다.
세상 사람들 아무도 나를 쳐다보지 않는데 난 무얼 원하

고 내 힘듦을 알아주길 바라만 왔던 것일까.

여기는 내가 꿈꾸던 핑크빛 세상이 아닌데 내가 착각했나
보다.

사람들은 나에게 관심이 눈곱만큼도 없는데

이 세상의 순리가 만남과 이별이라면 처음부터 내가 만
남이라는 것을 시도하지 않았다면 나에겐 이별 또한 없
을 것이니

앞으로 나에겐 새로운 만남은 더 이상 없을 것이다.

이별의 고통이 얼마나 무서운 것인지 너무나 잘 알기에.

그래도 나 누군가에게 단 한 순간만큼이라도 행복을 주
는 사람으로 기억되고 싶다.

사랑하고, 사랑받은 기억들, 모두 오래 간직하고 싶다.

요즘 마음은 어때?

선생님이 그랬다 네 몸은 소중하다고.
지겹지도 않으실까? 수십 명의 아이가 같은 행동을 하고
속을 알 수 없는 이야기들을 내뱉는데, 지칠 법도 한데
왜 자꾸 내 마음을 흔들려 하시는 건지 모르겠다.

요즘 마음은 어때?
라는 질문에 나는 꽤 오랜 시간 동안 대답을 하지 못했
다.
요즘 내 관심사를 물어보는 건지
요즘 내 심리상태를 물어보는 건지.
근데 뭐든 사실대로 말하면 나를 떠나갈 것 같았다.
그게 무서워서 나는 내 마음을 잘 모른다고 했다.

잊은 게 아니라 지웠어요

죽어야만 하나요?

'마음의 병은 완치가 불가능'이 맞는 것 같다.
두 달 동안 정신병원에 입원도 해 보고
아침저녁으로 약을 한 줌씩 밀어넣어 봐도
하루 종일 시도 때도 없이 바뀌는 내 기분은
어쩔 수가 없다.
어제는 조금 괜찮았다가 오늘은 너무 이상해지고
내일은 또 조금 괜찮아지면 모레는 또 더 많이 나빠질
까?
맑음과 흐림이 너무 수시로 바뀌니
흐림 속에 어쩌다 맑음이 있는 내 생활.
하나님, 내가 다 나으려면 죽어야만 하나요?

엄마, 미안해요

엄마 저는 왜 다른 사람들하고 다를까요?

엄마 저는 언제까지나 친구들과 노는 도중 영양제인 척 약을 같이 섞어 먹어야 하며 학원 간다고 거짓말하고 병원에 가야 하고 또 언제까지나 한여름에 괜찮은 척 긴팔을 입고 다녀야 할까요?

사람들에게 마음이 아픈 아이라고 인식이 되는 것은 정말 슬프고 부끄러운 일이에요.

저는 엄마의 하나밖에 없는 보물인데 너무 망가져 버렸어요. 근데 이렇게 망가진 날 왜 아직까지 사랑으로 보듬어 주는지 모르겠어요.

저를 탓해도 돼요. 결국 엄마의 보물에 상처를 내며 난도질을 한 건 저 자신이니까요.

엄마, 미안해요.

유토피아가 세상에 없는 이유

병동에서 만나 아직까지 연락하고 지내던 언니와 오랜만
에 만나 놀기로 한 날이었다. 그 언니는 외래 진료가 있어
서 서울에 왔다.

그래서 병원 앞에서 보기로 했다.

순간 나는 오늘이 아니면 편지를 못 전해드릴 것 같다는
생각이 들어서 바로 편지지를 꺼내 지금까지 못했던 말
감사한 마음을 적었다. 간호사 선생님께 드리려고.

떨리는 마음으로 엘리베이터에 올라 병동 층수를 눌렀다.
병동 앞 문에 있는 벨을 눌렀는데 내 담당 간호사 선생님
은 아직 출근을 안 하셨단다. 솔직히 아쉬웠지만 한편으
론 다행이라고 생각했던 내가 바보 같다.

아무튼 편지를 다른 선생님께 전해드리고 나는 언니랑 놀
고 있는데 담당 간호사 선생님께서 편지를 전해 받았다고
문자가 왔다. 여느 때와 같이 선생님은 나에게 좋은 말씀
도 몇 가지 해주셨다.

잊은 게 아니라 지웠어요

"완전히 행복하고 더 이상 힘들지 않게 되면 그건 '삶'이
아닌 것 같아."

맞다. 완전히 행복하고 더 이상 힘들지 않게 되면 그건
삶이 아니다. 선생님 말씀처럼 항상 행복하기만 한 유토
피아는 세상에 없다. 그러나 유토피아가 세상에 없는 이
유를 한번 찾아보려 한다.

가출 & 출가의 이유

내가 힘들고 방황하던 나날들이 더욱 길어졌다. 내 친구
와 가족들이 이런 나를 보는 게 끔찍이도 싫어서 집을 나
와 타지에서 지냈다.

솔직히 짜증 났다. 내가 이렇게 아픈 게 내 탓도 아닌데
자꾸만 책임을 나에게로 돌리는 내가 바보 같아서. 그런
나를 위해 계속 위로해주는 친구들 가족들이 답답해서
그리고 미안해서.

가족과 떨어져 지내니 약에 의존하지 않고 먹고 싶은 것
도 부족함 없이 먹고 잠도 마음 편히 잤다. 자해를 하는
횟수도 많이 줄었다.

내가 집에 갇혀서 매일 병원 가고 약 먹고 상담받는 것만
이 방법이 아니라고 생각했다.

하고 싶은 걸 하는 것, 하기 싫은 걸 하지 않는 것,
제일 쉬워 보이면서 제일 어려웠던 방법.

내 가출 아니 출가의 이유는 순간의 방황이 아닌 내가 조
금 더 편해지자는, 조금 더 살아보자는 오직 나만을 위
한 방법이었다. 어디서 들었다. 조금만 더 이기적이게 생

각하고 이기적이게 살아보라고. 일단 내가 이 각박한 세상 속에서 살아는 봐야 하니까.

텅 빈 자리를 돌고 도는

마음이 텅텅 빈 것 같다.
목 끝까지 음식을 채워 넣어도
필요하지 않은 물건을 잔뜩 사도
텅 빈 자리를 채울 순 없었다.

이유가 무엇인지 찾을 수도 없었다.
다른 사람들도 나와 같을까?

매일 텅 빈 자리를 돌고 도는 느낌
모두가 느끼는 감정일까?

차라리 그랬으면 좋겠다.
이게 디폴트 감정이라면
텅 비어도
꽉 찬 느낌을 받을수 있을 테니까.

별이 된 내 친구

얼마 전 스스로 반짝이는 별이 된 친구가 있다
웃는 게 참 맑고 예뻤던 아이였는데 미련하게 먼저 별이
되었다

왜 힘든 걸 알아주지 못했을까
이럴 거면 더 잘해줄 걸 너무 후회스럽다
너도 내가 힘든 걸 바라지 않겠지
너를 위해서라도 내가 더 열심히 살아야겠다

잊은 게 아니라 지웠어요

아무것도 하기 싫다

아무것도 하지 않고 있지만 그래도 더욱
아무것도 하기 싫다.
모든 게 귀찮고 싫다….
그치만 오늘은 내 머릿속처럼 어질러진 방도 치워야 하고
약 때문에 찐 살도 슬슬 다시 빼야 해.
그래서 꼭 내가 원하는 내가 돼야지….
그땐 나도 날 아껴 줄 거야.

홀로서기

그냥 외로워도 홀로 설 수 있는 사람이 되고 싶다
슬픈 노래를 들으며 의미부여를 하는 것도
비오는 날 빗소리에 숨어 우는 것도
이젠 그만하고 싶다
혼자라서 외로운 게 아닌
혼자라서 자유로운 것이기에

친구로 지내기 어려울 것 같다

내가 가장 순수했던 시절에 가장 재미있게 놀았던 친구가
있다.

같은 동네, 같은 학교, 서로 통하는 것도 많고 한번도 싸
웠던 적이 없던 내 소중한 친구.

아니, 그랬었던 친구.

중학교를 겨우 졸업한 나는 고등학교를 가지 않았다.

그 뒤로 그 애랑 만나는 횟수가 줄었다.

하지만 내 맘속엔 여전히 언제까지나 내 단짝친구.

시간이 지날수록 연락과 소식이 끊겼다.

너무너무 힘들어서 그리고 보고 싶어서 오랜만에 연락을
했다.

대충 보고 싶다 시간 나면 얼굴이라도 보고 싶다

뭐 이런 연락을 했는데, "더 이상은 친구로 지내기 어려
울 것 같다. 좋은 추억으로 남기고 싶다"는 말뿐이었다.

음… 대충 나도 예상은 하고 있었다.

힘들어하는 사람 옆에 있는 게 얼마나 고통스러운지

해줄 수 있는 건 없고 망가져 가는 모습을 지켜만 봐야

하는 게 얼마나 죄책감이 드는 일인지 다 알면서도 또 내

잊은 게 아니라 지웠어요

생각만 했던 거다.

그 답장을 받고 나선 하루 종일 울었다.

그래도 내가 이해해야겠지? 다 내 탓이니까.

내게 사랑이라 불리는 것들

시간이 지나면 지날수록 부서지고 무너지는 것들
쓰면 쓸수록 닳아 없어지는 것들
그래도 내겐 사랑이라 불리는 것들
어딘가 어긋나 있지만 뒤집어 보면 꼭 맞는 퍼즐처럼
이루어질 수 없다 생각했지만 내 생각이 틀렸을 때
신기루처럼 나타나 손을 내밀기도 해.

그냥 머물기로

꿈이 참 많았다.

뭐든 다 할 수 있을 줄 알았다.

멋진 꿈을 갖고 있다는 것만으로도 행복했다.

남들은 시간이 지날수록 하나씩 이루어 나가는데

나는 하나도 이루어 낸 것이 없었다.

좋아하는 게 뭐였는지 잘하는 건 있었는지

하나도 생각이 나질 않았다.

내 꿈들은 진심이 아니었는지 다 도망가 버렸다.

이젠 다 늦었다고 생각했는데 이제서야 기어 올라오는 조
각들이 참 미웠다. 어울리지도 않는데.

비웃기라도 하듯 기어이 올라오는 것들이 미워서 외면했다.

그래도 멋진 꿈을 꾸고 싶은 욕심은 사라지질 않았다.

난 현실을 살지만 온갖 꾸며낸 인생을 부러워한다.

어릴 적 꿈꿔 왔던 것들은 가져본 적 없는 것들투성이고

그건 내 삶이 아니니까.

이제 난 진득한 후회를 하더라도

또 내 꿈들이 사라지게 되더라도

내 현실에 머물기로 했다. 뭘 억지로 하려 하지도 않고

성급히 뛰려고 하지도 않고 그냥 머물기로.

마음병동
일기

나는 중3 가을을 어린이정신병동에서 보냈다.
<정신병동에도 봄이 오나요>라는 드라마에 나온
사람들처럼 내가 지낸 병동에서도 비슷한 사람들이
있었다. 박보영처럼 따뜻한 마음을 지닌 간호사 선생
님도 떠오른다. 어린이정신병동에서 쓴 일기인데,
나는 마음병동 일기라고 부르고 싶다.

병원에서 맞이하는 첫 토요일이다.

구름이 나를 반겨주는지 오늘따라 너무 예쁘다.

어제는 3교시에 춤을 추는 시간이 있었는데, 나는 오뚜기처럼 가만히 서 있기만 했다.

사실 나는 춤이 너무 싫다.

앞에 나서서 하는 것을 좋아하지 않고, 날 힘들게 했던 아이의 전공이 춤이라서 더더욱 싫다.

그래서 어제는 여러 가지 감정이 겹쳐서 우울하였고, 이런 내 자신이 너무 싫고 답답하기도 했다.

밤에 깨는 횟수가 줄고 예쁜 언니 동생들이랑 대화도 많이 하고 점점 적응해 가는 내 모습이 좋다. 하지만 여기서 하루빨리 퇴원하고 싶은 것은 여전하다. 그냥 내가 빨리 건강해졌으면 좋겠다. 그래서 당당히 병원 문을 나가고 싶다. 약도 그만 먹고 싶다.

오늘은 생각보다 일찍 눈이 떠졌다.

어제 새벽에는 내가 실수를 했다. 자해하는 것을 끊을 줄 알았는데…

우울하지도 슬프지도 답답하지도 않았는데 도대체 왜 그랬는지 모르겠다.

아무한테도 들키지 않아서 다행이다.

일요일은 손발톱 정리하고 샤워하는 날이라고 선생님께서 그러셨다.

지금은 〈택시운전사〉라는 영화를 틀어주셨는데 나는 여러 번 본 영화여서 방에 들어와서 일기를 쓰고 있다. 초등학생 때 빼고는 일기를 꾸준히 써 본 기억이 없는데, 이렇게 감정 일기를 써 보는 것도 나중에는 소중한 추억이 될 것 같다.

월요일만 되면 새로운 시작인 것만 같아서 가슴이 두근거린다.

아침 식사를 마치고 처음으로 자치회라는 것을 했는데 이끄미(이끔이)를 뽑았다. 나는 내 옆자리 친구를 추천했고, 걔가 이끄미가 되었다. 그 애 기분이 좋아 보여서 나도 활기찬 아침을 시작할 수 있었다.

목표 관리라는 것도 정했다. 내 목표는 매일 탁구 15분씩 하기, 낮잠 30분 이상 자지 않기이다. 지킬 수 있을지는 잘 모르겠지만 열심히 해봐야겠다.

내가 지금 읽고 있는 책『무지, 나는 나일 때 가장 편해』에서 마음에 드는 문장이 하나 있다.

"고민의 사전적 의미는 답을 찾는 일이 아니라, 괴로워하고 번민하는 마음"이라고 나와 있다. 그러니까 "같이 고민해 줄게"라는 말은 그냥 같이 있어 주겠다는 말이었다.

나는 지금까지 누군가에게 조언을 해줘야 한다는 강박에 사로잡혀 있었다. 그냥 옆에 있어 줘도 된다는 사실을 더 빨리 알아차렸으면 어쩌면 여기에 내가 입원해 있지 않았을 거다. 누군가를 싫어해서 상처를 주는 것에는 마땅한 이유가 있기 마련이다. 아무튼 오늘도 이런저런 생각이 많다.

3교시가 노래방인데 선생님께 못하겠다고 말씀드려야겠다. 나는 여러 사람이 있는 곳에서 말하는 것이 힘들다. 옛날엔 안 그랬는데 언제부턴가 이렇게 변해버린 내가 밉다. 그래서 오늘은 내가 조금 짜증 난다.

오늘은 비가 와서 그런지 내 기분도, 병동 전체 분위기도 어제보단 조금 차분하고 조용한 느낌이다. 나는 어제 병실을 같이 쓰던 동생 때문에 조금 서운한 일이 있었다. 나는 한 사람한테 한번 실망하면 마음의 문을 아예 닫아 버리는 성격이라 오늘도 조금 서먹서먹했다. 다행인 건 그 동생이 다인실로 옮겨서 이젠 같은 병실을 쓰지 않는다. 혼자 있으니 기분이 묘하게 심심하기도 하다.

오늘 나는 처음으로 체조왕이 되었다. 말로만 들어본 체조왕인데 조금 기분이 좋았다 (체조왕: 정리 정돈 잘하고 체조 잘하는 사람)

오늘은 〈이모티: 더 무비〉라는 영화를 봤다. 영화는 잘 모르겠고 앉아 있는 게 너무 힘들었다. 너무 넓은 공간에 사람이 많이 모여 있어서 시계만 계속 보고 버텼다. 사람이 많으면 뭔가 가슴이 터질 것 같고 긴장이 되어서 집중이 되지 않는다. 다른 친구들도 나랑 같을까? 아니면 나만 유독 이런 건지 너무 궁금하다. 밥 먹기 전 3교시에 멀리뛰기를 했다. 앞에 나가서 혼자 하는 게 부끄러워서 못 할 것 같았지만 연습이라 생각하고 해봤는데 그리 긴장되지 않아서 다행이었다. 그래도 나만 너무 못 뛰어서 속상하다.

오늘도 체조왕이 되어서 하루를 기분 좋게 시작했다.
집에선 정리를 잘 안 힌다고 혼나기만 하는데 여긴 엄마
처럼 정리해주는 사람이 없으니 자연스레 내가 하게 된
다. 어젯밤에는 사실 너무 우울했다. 그것도 엄청 많이.
그래서 병실을 혼자 왔다 갔다 하고 팔도 만지작거렸다.
선생님이 와서 "자해가 하고 싶으면 대신 얼음팩을 만지
거나 인형을 만지라"고 하셨다. 그렇게 하니까 내 기분이
조금 괜찮아져서 잠을 편히 잤다.
오늘 우리 병동에서 나이가 많이 어린 동생 초딩이 내 병
실 앞 창문에서 "좋겠다"라고 했다. 아마 밖에 걸어 다니
는 사람들 보고 한 소리 같다. 나도 창문에 대고 몰래몰
래 그런 생각들을 자주 하곤 했는데 왠지 모를 동질감이
느껴져서 마음이 뭉클했다. 처음 병원에 왔을 때보다 많
이 적응한 게 스스로 느껴진다. 오늘은 언니들이랑 '루미
큐브'라는 보드게임을 했다. 나는 게임을 좋아하는 편이
아니고, 할 줄 아는 게임도 없었다.

두 번째 해보는 거라 어렵고 정신없었지만 그래도 좋아
하는 사람들이랑 같이 하니까 처음으로 게임이 재밌다는
것을 알았다. 병원에 있으니까 전체 시간은 느리게 가는
데 하루는 빨리 가는 것 같다.

오늘은 기분이 좋았다가 그냥 그랬다가 나았다가 오락가락한다. MP3를 다시 받았는데 내가 원하는 노래를 들을 수 있어서 좋았다. 나는 김현창이라는 가수를 정말 좋아한다. 겨울의 병, joshua, 타지, 아침만 남겨주고, 별, 목마른 파랑을 가장 좋아한다. 이 노래들을 들으면 내 마음이 편해지고 나른해진다. 그래서 지금도 노래를 들으면서 일기를 쓰고 있다. 내가 좋아하는 사람들이 한 번쯤은 꼭 들어주면 좋겠다. 오늘은 까탈이랑 루비 언니랑 셋이 루미큐브를 했다. 솔직히 나는 하기 싫었다. 왜냐면 까탈이가 나를 싫어하니까 나도 별로 걔를 좋아하고 싶지 않다. 뭐 아무튼 게임이 어색하게 끝났다.

곧 있으면 나도 다인실로 간다는데 가기 싫다. 왜냐면 △이가 있기 때문이다. 또 나한테 뭐라 한다면 정말로 진짜 진짜 속상할 것 같다. 그냥 피하고 싶지만 어쩔 수가 없다. 그래도 남은 오늘 하루는 행복하게 보내봐야겠다.

잊은 게 아니라 지웠어요

오늘 기분은 비교적 너무 좋다. 아침에 내가 또 실수를 해 버린 것만 빼면…

아침에 내가 너무 일찍 일어났는데 오늘 있는 댄스타임이 너무 걱정이 되었다. 춤이 너무 싫은데 오만가지 생각이 나면서 우울해졌다. 결국 팔에 몹쓸 짓을 해버렸다. 그래서 안정실에 들어가서 생각하는 시간을 가지고 싸이클도 탔다.

그런데 왜 이렇게 기분이 괜찮은지 모르겠다. 원래 자해를 한 날에는 기분이 안 좋은 게 대부분이었는데, 오늘은 좀 다르다. 자해를 하고 나서는 짜증 나고 괴로운데 시간이 지나면 이렇게 괜찮아진다. 이걸 바라고 한 것은 아닐까? 마치 중독이 된 사람처럼 안 하면 안 될 것 같고 가슴이 답답하다.

더 악화되기 전에 원래의 내 모습으로 되돌리고 싶다. 비록 흉터는 이미 남아 버렸지만 마음의 흉터라도 병원에서 말끔히 지워서 나가고 싶다. 여기선 시간이 빨리 간다. 밥 먹으면 또 밥 먹고, 약 먹고 자고 빨리 퇴원하고 싶다. 추석 전까지는 나갈 수 있을까?

오늘은 토요일이다. 지금은 저녁인데 오늘 아침에 영화 해리포터 1편을 봤다. 2시간 30분짜리였다. 앉아있는 게 진심으로 너무 힘들었다. 불안하고 답답하고… 정말 영화 보는 시간만 되면 왜 이러는지 이해가 되지 않는다.

루비 언니랑 150퍼즐을 맞추었다. 나중에 알고 보니 퍼즐 몇 개가 없어서 다 완성하진 못했다.

요즘엔 입맛이 없다. 좋은 건지 나쁜 건지 모르겠다. 지금은 너무 우울하다. 자해가 하고 싶다. 하지만 내일 단비 (앵무새) 사진을 받으려면…

참고 또 참다가 언제 터질지 모르지만 일단 참아야 한다. 왜 이렇게 화가 나고 짜증이 쉽게 나는지 모르겠다. 집중이 안 되고, 왜 살고 있는지 왜 살아가야 하는지 이유를 까먹은 것만 같다. 내일이 되면 괜찮아지겠지. 내일은 덜 우울했으면 좋겠다. 그리고 오늘 밤 무사히 잘 넘겼으면 좋겠다.

오늘도 자해를 했다.

왜 했는지 처음엔 몰랐다. 그냥 하고 싶었다. 나는 지금
당장이라도 내 눈앞에 칼이 있다면 팔을 죽죽 그어버리
고 싶은 심정이다. 요즘 따라 왜 이렇게 내 감정을 조절하
는 데에 어려움을 느끼는 건지 모르겠다.

병원엔 칼이라고 할만한 물건이 전혀 없다. 날카롭거나
뾰족한 것은 어디에도 없다. 나는 마스크 철심을 빼서 팔
목을 그었다. 밖이었으면 더 세게 했을 수도 있었는데 이
정도로 만족해야 한다니 너무 분하다.

선생님이 내 몸은 소중하니 자해는 하면 안 되는 거라 했
다. 근데 내 왼쪽 팔은 이미 흉터로 뒤덮여서 소중히 대
해줄 가치가 없다. 울퉁불퉁 분화구 같다.

이제는 왼쪽 팔에 자해를 하면 느낌이 무뎌져 실감이 나
지 않는다. 도대체 뭐가 소중한 몸뚱어린지 모르겠고, 이
해가 가질 않는다.

우울하다. 차라리 죽고 싶다. 나에게 자해는 살아보겠다는 하나의 버팀목이었는데 이젠 뭘 붙잡고 살지 모르겠다.

오늘은 최악의 날이다. 화난다!!! 물론 나한테.

지금 너무 분하다. 왜인지는 비밀이다.

짜증 난다고 분명히 말했는데 달라지는 건 하나도 없었다.

선생님은 힘들다고 말하라고 했는데, "힘들어요"라는 말은 곧 자해하고 싶다는 뜻인데 너무 슬프다.

오늘부터 일기는 밖이나 식당에서 써야 한다. 그리고 연필도 쓰지 못한다. 볼펜 한 자루와 지우개 하나만 쓸 수 있다. 내가 가진 것은 이게 전부이다.

얼마 전 연필을 부러뜨려 자해를 한 대가이다. 지금은 식당에서 쓰고 있다. 밖에선 도저히 일기를 제대로 쓸 수가 없다. 공책을 책상에 제대로 펼 수조차 없다.

오늘은 자해가 하고 싶을 때 선생님께 솔직하게 말했다.

"나는 자해가 하고 싶을 때 싸이클을 타는 것은 좀 별로예요. 운동하는 것이 싫어서 더 짜증이 나요."

겨우겨우 말했다. 그래서 오늘은 컬러링북을 만들고 직접 색칠했다. 좋아하는 과일을 그리니 너무 재밌어서 잠시나마 자해 생각이 나지 않긴 했다.

오늘 선생님이 내가 좋아하는 글귀를 예쁜 글씨로 써 주셨다.

너무 마음에 들어서 좋다. 나는 행복할 이유가 이렇게나 많은 사람인데도 우울하고 짜증 난다. 왜인지 이유는 없는 줄 알았다. 근데 너무 많아서 까먹은 거였다. 그 많은 이유, 사소하지만 소중한 이유들을 기억하기 싫어서 내 머릿속에서 지우려고 그런 거였다.

"왜 짜증 나니?" 물으면 난 항상

"이유가 없어, 그냥"이라고 했다.

사실은 그게 아닌데, 이래서 사람은 말을 안 하면 모른다는 게 맞나 보다. 뭐든지 숨기려면 다 숨길 수가 있기 때문이다. 그게 무엇이든 마음만 먹으면 전부 다.

하루빨리 자해 생각이 나지 않게 되면 좋겠다. 우울한 감정은 있는 그대로 받아들여야겠다. 어떻게 사람이 행복하기만 할까? 우울한 날도 있어야지 그런 '나'도 나니까 보듬어 줘야겠다.

오늘도 식당에서 일기를 쓴다. 오늘도 하루 종일 기분이 좋지 않았다. 물론 지금도 좋지 않다. 이제 자해가 하고 싶으면 선생님한테는 못 말하겠다. 또 말하면 싸이클 타라고 하니까. 오늘 밤만 넘기면 내일은 엄마랑 전화를 할 수 있다.

오늘 3교시 에어로빅이었다. 나는 가만히 서 있었다. 조금 서 있다가 선생님이 "안 할 거면 그냥 학습할 거 준비해 와" 하셔서 학습했다.

식당에서 선생님이 "왜 하기 싫은 건 끝까지 안 하니?" 물으셨다. 그건 안 좋은 습관이랬다. 하지만 정말 못 하겠는 걸 어떡하나? 답답하다. 오늘 밤 내가 자해를 하지 않고 버틸 수 있을까?

두렵다. 내일이 다시 오지 않았으면 좋겠다. 그냥 나한테는 내일이라는 게 없으면 좋겠다. 아무튼 나는 나서서 하는 게 정말이지 죽어도 싫다. 내가 오늘 자해를 한다면 이번엔 이유가 있는 행동일 것이다. 안 하면 내일 엄마랑 전화를 할 수 있겠지만.

잊은 게 아니라 지웠어요

오늘은 금요일이다. 안 좋은 일이 생겼다.

어제와 오늘 난 자해를 해서 팔다리가 묶이고 주사를 맞았다. 처음엔 몹시 반항했다. 왜 나한테 대체 이러는지 이해가 되지 않아서.

지금도 솔직히 화난다. 난 요새 짜증은 좀 줄고 우울한 감정이 좀 늘어난 것 같다. 무엇을 해도 왜 해야 하는지조차 모르겠고 무기력하다. 잠에서 자주 깨고 달라지는 게 눈에 보이지가 않으니 더 속상하다.

약은 왜 먹어야 하는지 모르겠다. 약이 효과가 있는 거긴 할까? 약을 먹었는데도 왜 이러지? 이런 생각들과 자해 생각이 겹쳐 내 머릿속을 어지럽힌다. 어제 안정제 맞고 바로 자서 일기가 없다. 볼펜을 병실로 가지고 들어갈 수 있으면 좋을 텐데.

자해하고 싶다.

오늘은 내 손으로 직접 손톱 발톱을 잘라냈다.

어제 또 자해를 했다. 지해 충동을 이기지 못하고 계속해 버렸다. 나 스스로한테 내가 져 버린 것이다. 그래서 손과 발도 다 묶이고 주사도 맞았다. 어떻게 3일 연속 다 묶이고 주사를 맞을 수가 있지?

내가 먹는 약들이 효과가 있는 약이긴 할까? 의문이 든다.

왜 이렇게 나를 조절하고 내가 날 통제하는 게 힘이 드는지 너무 짜증 난다.

요즘 들어 일기를 안 쓰고 지나친 날들이 늘었다. 모든 게 다 귀찮다. 그치만 이제 자해는 못 한다. 이제 자해를 고치거나 퇴원해서 나가거나 둘 중 하나다. 여기서 고치고 나갈 수 있으면 좋을 텐데. 그게 맘처럼 쉬우면 여기 오지 않았겠지. 아무쪼록 난 이제 이 안에서만큼은 자해를 하지 못한다. 할 방법이 없다.

아 귀찮아 귀찮다. 짜증 나고 귀찮다. 일기도 귀찮다.

오늘 하루는 무사히 잘 넘어갔다. 나에게 일어난 큰일도 없고, 자해도 하지 않았고 충동도 없었다. 그렇게 싫어하던 실내 자전거에 4번이나 올라가 발을 굴려보고 탁구도 2번이나 했다. 화가 나면 대화로 풀었다. 내 표현 방식이 점점 긍정적으로 되어가는 게 느껴진다. 하지만 가끔 우울할 때도 있다. 우울한 감정이 날 덮치려 할 땐 겁먹지 않고 맞서 싸우는 방법을 배우는 중이다.

오늘따라 앵무새 단비가 보고 싶다. 그 아줌마가 단비를 잘 돌봐주고 있을까? 걱정된다. 내 옆에 두어야 하는데, 책임지지 못해서 단비한테 너무 미안하다. 그래서 다짐했다. 자해 안 하고 빨리 퇴원해서 다시 단비를 데려오기로. 단비가 내 손길을 까먹기 전에 퇴원하고 싶다. 아직 믿음을 주기엔 내가 한 행동들이 엉망이지만 시간이 지나면 간호사 선생님과 주치의 선생님도 알아주실 거다.
내 몸은 소중하다. 내가 나를 소중히 대해야 남도 나를 소중히 대해준다는 것을 지금에서야 알게 됐다. 오늘 사실 자해를 할 만한 순간이 왔었다. 그러나 가만히 아무렇지 않게 있었다. 이전 같으면 달려들어 그었을 텐데. 이런 내가 어색하면서 좋다. 이대로 일주일만 참아보자. 집이 너무 그립다.

오늘도 기분이 좋다. 아침에는 심지어 인형 둘리를 받고 가족들의 쪽지도 받고 단비 사진도 받았다. 내가 자해를 하지 않아서 얻은 것이다. 자해를 하면 잃을 게 너무 많다.

오늘은 행복하다. 윷놀이를 했는데 무려 2등이나 했다. 행복한 일만 연달아 일어나서 살짝 불안하다. 불편한 점은 몸을 가만히 두지 못 하겠는 거? 미친 사람처럼 갑자기 웃음이 나는 거 정도? 이 정도만 빼면 너무 행복하다. 자해 충동도 없다. 하기 싫다. 그냥 빨리 퇴원하고 싶다.

오늘은 까칠이랑 또 싸웠다. 짜증 나고 기분이 별로였다.
원래 같았으면 이런 내 감정을 자해 행위로 표현했을 텐
데.

오늘은 MP3로 노래를 듣고 있다. 언니들과 이야기하고
내가 좋아하는 노래를 들었더니 자해를 하지 않았다. 어
젯밤에도 내 몸을 소중히 다루고 잘 넘어가서 엄마 쪽지
랑 단비 사진을 받았다. 오늘도 새로운 단비의 사진을 보
니 단비가 너무 보고 싶다. 단비가 살이 찐 것 같아 다행
이다.

이제 확실히 자해 안 할 수 있을 것 같다. 요즘 너무 잘
지내고 있다. 약이 효과가 드는 건지, 참는 방법을 배운
건지, 내가 너무 기특하다.

추석 연휴에 우리 가족은 뭘 하고 있을까 너무 궁금하다.
'내 생각은 항상 하고는 있겠지' 이런 생각 하면서 지내면
시간이 빨리 간다.

오늘 다이어리 꾸미기를 하고, 물감으로 그림을 그렸다.

잊은 게 아니라 지웠어요

나는 퇴원해서 다이어리 꾸미기 하는 거 꼭 살 거다. 너무 재밌다. 요새 병원 밥도 맛있다.

불편한 점은 가만히 못 있겠는 거랑 까칠이가 마음에 썩 들지 않는 것. 그냥 처음 왔을 때부터 성격이 안 맞는 애였던 것 같다.

리워드로 받은 볼펜을 쓸 수 있을 때까지 열심히 노력해봐야겠다. 빨리 퇴원하고 싶다. 정말로 집에 돌아가고 싶다. 친구들도 가족들도 다 그립다. 바깥 공기랑 풍경 냄새도 다 그립다.

벌써 가을인 게 믿기지 않는다. 10월 전에는 나갈 수 있을까 걱정된다.

오늘은 진짜 별거 없는 하루다. 그런데 기분은 그냥 좋다! 나쁘지도 않고 화나지도 않고 딱 괜찮은 하루다. 실습 선생님들 때문에 긴장도 했다. 그래서 좀 떨렸다. 시끌벅적한 분위기에 모르는 사람이 적극적으로 다가와서 좀 싫었다.

수학 학습은 이제 영어로 바뀌었다. 더 좋은지 싫은지는 해 봐야 알겠지만 난 영어를 못해서 싫다. 그런데 내일 댄스타임은 어쩌지? 걱정이 좀 된다.

요즘 잠을 잘 못 잔다. 왜일까? 이유를 알고 싶다. 빨리 외박 나가고 싶다.

잊은 게 아니라 지웠어요

지금은 오후 3시 30분. 진짜 답답하다. 아무것도 하기 싫고 귀찮은데, 심심하다. 앉으면 움직이고 싶고, 움직이면 힘들어서 쉬고 싶고, 쉬면 몸이 근질거려서 가만히 못 있겠다. 너무 답답하다.

밤에 많이 깼다. 깨는 족족 다 다른 꿈을 꿨는데 그중 하나가 자해하는 꿈이었다. 그래서 일어서서 내 팔을 확인했다. 혹여나 나랑 한 약속을 또 어긴 건 아닌지 불안했다. 꿈이어서 다행이다.

지금은 3교시 시작 전, 독서 중이다. 기억하고 싶은 책이 있어 일기장을 펼친다. 『지쳤거나 좋아하는 게 없거나』라는 책인데 너무 마음에 들어서 퇴원하면 바로 살 거다. 오늘 3교시 댄스타임인데 열심히 해 보고, 또 일기에 기록해 보려 한다.

댄스타임이 끝났다. 입원한 지 3주? 만에 처음으로 내 의지로 했다. 춤을 추긴 했는데 나를 괴롭힌 그 아이 생각은 계속 났다. 하지만 이것도 프로그램이고 치료니까 빨리 퇴원하기 위해 꾹 참고 했다. 끝나고는 선생님께 열심히 했다고 칭찬까지 받아서 뿌듯했다. 다음부터는 피하지 않고 싫더라도 댄스타임에 참여할 거다.

잊은 게 아니라 지웠어요

2일 뒤면 볼펜을 드디어 받는다. 너무 좋다. 오늘따라 집이 너무 가고 싶다. 이유는 마카롱이 너무 먹고 싶기 때문이다. 아이스크림도 먹고 싶다. 마라탕도…

핸드폰도 하고 싶고, 빨리 단비도 보고 싶다. 근데 요즘 답답하기만 하지 짜증은 안 나서 신기하다. 집에 있을 땐 엄청 짜증 났는데 여기 있으니까 짜증이 그렇게 심하게 안 난다. 다행이다. 그런데 잠에서 그만 좀 깨고 싶다. 그럴 땐 좀 짜증 난다. 깨면 잠드는 게 어렵다. 신기한 게 루비 언니가 깰 때 똑같이 깬다. 그 언니도 진짜 힘들겠다.

너무너무 퇴원하고 싶다. 빨리 집에 가서 핸드폰 하며 내 침대에 걱정 없이 누워있고 싶다. 밖에 3주째 못 나가니 너무 답답하다. 놀러 다니고 싶고 뛰어다니고 싶다.

여기 병원은 너무 감옥 같다. 밖에 나가지도 못하고, 창문도 없고, 규칙은 또 왜 이렇게 많은 건지?

어제는 샤론 언니와 화장실에 같이 들어간 걸 들켰다. 화장실은 혼자서만 가야 한다. 그 벌로 규칙쓰기를 했다. 엄청 긴 규칙을 10번씩 따라 쓰는 것이다. 그리고선 자해를 했는지 안 했는지 검사를 했다. 날 그렇게 못 믿나? 슬프다. 한번 신뢰를 잃었더니 내가 잃은 게 너무 많다. 속상하다.

오늘 가만히 있는 게 힘들다. 근데 자유롭게 걸을 수 없어서 짜증 난다. 그냥 자고 싶고, 집에 가고 싶다.

오늘은 화가 참 많이 난다. 여기는 왜 이리 신경질적인 사람이 많은 건지 모르겠다. 날을 예쁘게 하는 게 얼마나 중요한 것인지 새삼 알겠다. 정말 아무것도 하기 싫다.

어제 자치회 때 나는 서기가 되었다. 그건 참 기쁜 일이긴 하다. 근데 오늘 난 배가 아프고 머리도 아프다. 머리가 어지럽고 핑 도는 느낌이 든다. 짜증 난다. 가만히 있고 싶은데 다리가 내 말을 듣질 않는다. 계속 움직이고 싶고 머리는 어지럽다. 쓰러질 것같이 아프다. 이럴 때 우리 엄마가 있었으면 날 꼭 안아줬을 텐데. 엄마의 빈자리가 너무 크다. 엄마 품에 다시 안기고 싶다. 여긴 내 힘듦을 말로 표현하지 않으면 누구도 알아주지 못한다. 어쩌면 당연한 것이겠지만……

내 힘듦을 말로 표현하기가 부끄러워 내 몸에 상처를 내어 알아달라고 눈치를 줘왔던 것 같다. 이제부턴 말로 표현하는 연습을 해 보려 한다. 뭐든지 말을 해야 안다던 엄마의 말이 이제야 이해가 된다. 오늘은 잠에서 깨지 않

잊은 게 아니라 지웠어요

고 푹 잘 잤으면 좋겠다. 피곤하다. 이 시간만 되면 단비
가 너무 보고 싶다. 빨리 퇴원하고 싶다.

오늘은 3교시 때 요가? 필라테스를 했다. 생각보다 어렵고 생각보다 재미있었다.

지금은 30일 새벽 5시 20분이다. 사실 어제 일기를 못 써서 지금 나와서 쓰고 있다.

5시 30분인데 잠이 안 오고 자다 깨다 한다. 요새 들어 손목에 자해가 하고 싶다. 하면 안 된다는 건 너무 잘 알지만 담당 간호사 선생님 말대로 내가 무작정 너무 참기만 한 것 같다. 자해가 하고 싶을 때마다 더 짜증이 난다. 절대로 자해하면 안 되는 것을 내가 가장 잘 알기에. 전환 활동을 열심히 하면 정말 충동이 없어질까? 가만히 앉아있질 못하겠는데.

그래도 이제 좀 괜찮아진 것 같다. 새로운 사람이 올 때는 또 모르겠지만 지금 이대로는 괜찮다. 약 때문인지 눈이랑 입이 너무 말라 불편하다.

잊은 게 아니라 지웠어요

오늘은 10월이 되기 전 마지막 목요일이다. 벌써 이 병원에 입원한 지 한 달째 되는 날이다. 아직도 어색한 사람이 많다. 그동안 헤어진 사람들도 많다. 오늘 교수님께서 면담 시간 때 나도 이제 외박을 나가 볼 때가 온 것 같다고 하셨다. 정확한 날짜와 시간은 듣지 않았지만 벌써부터 떨리고 설렌다.

내가 만약 나중에 퇴원을 하게 되면 기쁘기도 하겠지만 슬픔이 더 클 것 같다. 그동안 5인실에서 쌓아온 추억이 정말 많기 때문이다. 루비 언니, 샤론 언니는 정말 착하고 배려심이 깊다. 그래서 내가 가장 좋아한다. 근데 퇴원을 하게 되면 언니들을 못 보니 벌써부터 속상하다. 아직도 난 헤어짐이 익숙하지 않은가 보다. 몇 번이고 부딪쳐 봐도 여전히 힘들기만 하다. 친했던 사람들이 한순간에 남으로 바뀌어 버린다는 사실을 생각하면 눈물이 나온다. 퇴원은 하고 싶지만 또 하기 싫은 것이다. 아무튼 이건 아주 먼 이야기일 수도 있다.

잠을 잘 못 자서 스트레스다. 소원이 있다면 중간에 한 번도 깨지 않고 푹 자는 것이다. 약도 잘 먹고 마음도 굳게 먹고 있으면 이루어질 것이다. 오늘은 진짜 푹 자도록 노력해 볼 거다.

어제 자해를 했다. 잠을 너무 많이 깨고 다른 사람 눈에는 보이지도 않는 거미가 자꾸 보여서 짜증 났다.

지금도 짜증 난다. 일기를 또 밖에서 쓰고 있다. 눈치 보여서 하고 싶은 말을 제대로 다 하진 못하겠지만 오늘은 부정적인 충동이 계속 왔다. 모두가 다 마음에 들지 않는다. 이따 잘 때 무사히 잘 수 있을지도 모르겠고 그냥 답답하고 짜증 나 죽겠다.

아무튼 처음으로 병원에서 죽고 싶다는 생각이 진심으로 든다. 내 생각에 여기는 자해를 멈추게 해주는 공간이 아닌 그냥 입원하는 동안만이라도 억지로 할 수 없게 만들어 놓은 것 같다. 절대 내 습관을 쉽게 고칠 수 없다. 안 하면 사람이 미칠 것 같아서.

오늘 하루는 너무 답답했다. 방금은 자해가 너무 하고 싶은데 도구가 없어서 울었다. 자해 대신 빨간 색연필로 내 기분을 표현했더니 아주 조금은 괜찮아졌다.

저녁에 나도 모르게 헛소리를 한다. 약 때문인지 뭔지 무섭다. 아무튼 집 가고 싶은데 못 가서 짜증 나고 괴롭다. 외박도 가고 싶다. 여기서 지낸 지 1달 하고도 3일이 지난 게 믿기지 않는다. 그리고 눈이 흐리게 보인다. 이것도 약 부작용일까 이젠 뭐가 뭔지 다 헷갈린다.

집이나 가고 싶다 진짜.

잊은 게 아니라 지웠어요

리워드 2개를 받아서 이 볼펜을 받았다. 기분이 좋다. 하지만 습관처럼 팔을 긁고 확인하는 것, 그니까 자해의 충동은 계속 남아 있다.

우리 병실 문 손잡이에 나사가 없다. 자꾸자꾸 내 주변에 위험할 수도 있는 물건들이 사라져 간다. 이럴수록 더 반항하고 싶은 내 마음은 정말 말로 표현 못 할 정도이다.

자해를 하면 안 되는 이유 수백 수천 가지를 들어도 내가 스스로 깨닫지 못하면 그건 별 의미가 없다. 앞으로 내가 성인이 되어서도 스트레스를 자해로 풀 순 없다. 조금씩 줄여야 한다. 그럼에도 한번 시작하면 멈출 수가 없다. 속상하고 또 아쉽다.

하루 중 일기 쓰는 시간이 가장 좋다. 예전엔 귀찮기만 했는데. 이젠 아무런 생각 없이 내 감정을 쭉쭉 써 내려가다 보면 마음이 좀 차분해진다. 담당 간호사 선생님이 처음부터 쓰라고 권유해 주시지 않았더라면 난 그동안의 이런 내 감정들을 다 잊어버렸겠지?

오늘 하루는 정말 보람차게 보냈다. 근데 새벽엔 마스크 철사로 자해를 했다. 게다가 안정실에서 생각하는 시간을 가지고 있을 때 또 자해를 해 버려서 싸이클 1시간을 탔다. 여러 가지 감정이 겹쳐서 무의식에 자해만 고집한 것 같다. 또 안정제를 맞고 또 무서운 침대에 묶였다. 근데 난 자꾸 자해가 하고 싶어서 내 자해에 대한 이유를 계속 만든다. 이유 없는 답답함과 공허함을 채우기 위해서 했던 것 같다. 내 마음속 빈 구석을 누가 채워주면 좋겠는데 그게 아니니 계속 자해를 했던 것이다.

오늘 오후에는 체크리스트를 다 채우고 간호사 선생님, 언니들이랑 홈트도 같이 했다. 재밌고 좋은 시간이었다. 그래서 오늘 기분은 그럭저럭 나쁘지 않다.

오늘부터 난 거실에서 루비 언니랑 짝수 시간, 홀수 시간을 나눠서 생활해야 한다. 처음 그 사실을 듣는 순간엔 그냥 며칠 지나면 괜찮아지겠지 생각했다. 근데 이 상태로 퇴원할 때까지 지내야 한다는 말을 들은 순간 화가 나고 너무 우울해졌다. 그래서 지금은 밥맛도 없고 눈에 뵈는 것도 없다.

내가 이 병동에서 제일 좋아하는 언니 두 명이 있는데 그중 한 명이랑 퇴원할 때까지 말도 못 하고 피해 다녀야 할 생각을 하니까 너무 화가 나고 짜증 난다. 그래도 상처는 내지 않았다. 나는 집에 빨리 가고 싶으니까 가서 앵무새 단비도 빨리 데려와야 하고 사랑하는 내 이모랑 부산으로 여행도 가야 하고 가족들 얼굴도 보고 싶다.

왜 이렇게 우울하고 힘든지 모르겠다. 아까는 이유 없이 눈물이 나오고 참 이상한 내 마음이다. 나도 나지만 내 속을 잘 모르겠다. 오늘 밤은 편하고 안전하게 보내고 싶다. 퇴원하면 여기저기 다 놀러 다닐 거다.

오늘 하루는 너무 빨리 지나갔다. 뭐 하나 제대로 한 것도 없는 것 같은데 벌써 저녁 7시다. 나는 방금 자해가 하고 싶었다. 팔을 피로 더럽히고 싶었다. 나는 매 순간순간 짜증 나는 것을 하나의 덩어리로 뭉치는 습관이 있나 보다. 그 덩어리가 자해 같다.

핑계로밖에 들리지 않겠지만 나는 평생 이 습관을 고치지 못할 것이다. 성인이 되어서 강도를 줄일 순 있어도 습관은 고치지 못할 것 같다.

언젠가 이런 말을 들은 적이 있다. 빨리 퇴원하고 싶으면 내가 여기 왜 입원했는지부터 생각해 보라고. 그럼 자해 행동 없이도 잘 지내는 척하면 퇴원시켜 주는 건가? 그건 잘 모르겠다. 아무튼 내 몸을 함부로 대하는 사람을 좋아할 사람은 이 세상 어디에도 없으니 나도 노력은 하는 중이다.

잊은 게 아니라 지웠어요

오늘 하루는 어제에 비해 상당히 좋은 편이다. 오늘은 학습, 미술, 댄스도 했는데 옛날만큼 엄청 떨리지도 부담스럽지도 않았다. 가만히 앉아 있는 것도 이젠 확실히 괜찮아졌고 잠자다가 2~3번밖에 깨지 않는다. 거미들도 이젠 안 보인다.

나는 퇴원하면 붙임머리를 하고, 떡볶이도 먹고 싶다. 우리 이모는 뭐 하고 지낼지 궁금하다. 왜냐면 나 퇴원하면 같이 여행 가기로 했기 때문이다. 내 생각이지만 10월 안에 퇴원하게 되면 좋겠다. 가을 날씨 선선한 날에 나가면 기분이 좋을 것 같다.

오늘은 토요일이라 오전부터 영화를 봤다. 〈말모이〉라는
영화인데 집중이 하나도 되지 않았다. 근데 오늘은 기분
이 좀 좋다. 오늘도 단비가 보고 싶다. 어제 새벽에도 자
해를 했다. 이젠 하고 싶어도 못하고 할 생각도 없다. 빨
리 외박 가거나 퇴원하고 싶다.

친구들이 많이 보고 싶다. 걔네는 지금 뭘 하고 있을까?
나는 너네 생각하면서 밖에 나가면 너네랑 하고 싶은 거
무작정 생각만 하는 중이야. 아 그리고 나한테 못되게 굴
었던 아이는 지금 어떻게 지내고 있을까? 궁금하다.

오늘은 기분이 좋다. 이제 홀수 시간에만 나와서 생활하는 것도 적응이 좀 됐고 참을만하다. 새로운 컬러링북을 받았는데 이름이 수채화 컬러링북이었다. 담당 간호사 선생님 말대로 꼭 수채화 물감으로 해야 한다는 고정관념이 나를 감싸고 있었다. 하지만 색연필로 해도 예쁘다는 것을 알고 나니까 벌써 꽃이 3개나 예쁘게 피었다. 선생님께 스트레스 인형을 내일 꼭 받을 수 있도록 오늘 최선을 다해 열심히 했다. 퇴원하면 사고 싶은 책도 있고 내가 입원하기 전에 좋아했던 작가가 생각난다. 김준이라는 작가분이다. 얼른 퇴원해서 머릿속에 사라져가는 그 글을 다시 보고 싶다.

오늘은 기분이 좋으면서 나쁘다.

사실 오늘 기분은 전보단 괜찮지만 내일 루비 언니가 퇴원하기 때문이다. 제일 좋아하는 언니였는데 퇴원한다니 너무 슬프다.

오늘 휴일이라 주말이랑 거의 같았다. 할 것도 없고 재미도 없었다.

오늘은 신기하게 자해가 하고 싶은 맘은 없다. 다행이다.

나도 퇴원하면 『눈사람 자살사건』 사서 읽어 봐야겠다. 읽고 제대로 서평도 써 봐야지. 재밌겠다.

10/12

귀찮다.

오늘따라 왜 이렇게 귀찮은지 모르겠다. 이모도 너무 보고 싶고 가족들도 보고 싶다. 대체 사진은 언제 받을 수 있을까?

가슴이 답답하다. 담당 간호사 선생님이 귀여운 스트레스볼을 사주셨다. 자해하고 싶거나 불안할 때 만지라고 하셨다.

모든 게 귀찮고 너무 짜증 난다.

요새 날씨가 조금 추워진 것 같다. 진짜 가을인가 보다. 병원에서의 생활은 매일 똑같다. 같은 밥, 같은 옷, 같은 사람, 그리고 같은 시간들 속에 같은 프로그램.

점점 지치고 힘이 든다. 단비가 너무 보고 싶다. 요새 들어 자해하는 횟수가 늘었다. 긴장이 풀려서 그런 건지 그냥 힘들어서 그러는 건지 이제는 알 수 없다. 아 그리고 새로 들어온 언니가 있는데 그 언니랑 탁구를 치면 잘 맞아서 좋다. 매일매일 그 언니랑 탁구 치고 싶다.

오늘 면담 시간에 내가 이때까지 자해 도구로 쓴 마스크 철사를 드렸다. 드렸다기보단 빼앗겼다. 나는 입원하기 전에도 내 몸에 칼 비슷한 날카로운 무언가가 없으면 불안했다. 이제는 피하지만 말고 자해 충동이 그만 들 때까지 노력해 봐야겠다. 언제 나갈 수 있을까. 추석도 여기서 지내고 너무 외롭다. 엄마가 너무 보고 싶어서 울고 싶고, 죽고 싶다.

나는 요새 주변 환아들이 날 싫어하는 느낌이다. 여기서도 왕따가 있는 건가 궁금하다. 죽고 싶다. 그치만 살고도 싶다. 죽기 싫은데 이대로 더 살기가 무섭다. 모르겠다. 이런 생각이 들 때 엄마가 보고 싶다.

오늘은 어제보다 기분이 좀 괜찮다. 왜냐하면 간호사 선생님께 솔직한 내 마음을 편지로 표현했기 때문이다. 그리고 오늘 3교시 때 유연성 29.5cm 최고 기록이 나와서 아주 좋다. 근데 여기서의 생활이 밖보다 좋은 것은 절대 아니다. 오늘 어떤 남자애가 나보고 3교시 끝나고 칭찬해 줬다. 근데 별다른 이야기는 하지 않았다. 집에서나 시골에서나 날 기다리는 사람들은 지금 어떤 생각을 하고 있을까? 밤마다 내 생각은 안 해주면 좋겠다. 나는 우리 가족이 별생각 없이 잠에 편히 들어 따스한 햇살 받으며 하루를 시작했음 좋겠다. 민폐 끼치는 것 같은 기분이 들 때마다 내 마음이 좀 그렇다. 이젠 정겨운 마음이 그립다.

오늘은 기분이 내 마음대로 조절이 안 된다. 나는 내 성격이 마음에 안 든다. 싫어하는 사람은 죽도록 싫어하고 좋아하는 사람은 죽도록 좋아한다. 나는 원래부터가 정이 아주 많은 사람이다. 정이 많은 게 싫다. 헤어짐이 익숙지 않고 두렵다. 정을 그냥 주는 게 아닌 줄 때마다 내 마음을 확 열어버리니까 이게 문제다. 난 적당히를 모르는 사람인가보다. 나랑 병동에서 거리두기/대화금지가 된 언니가 한 명 있다. 그 언니랑 거리두기 하기 전에는 서로 재밌는 이야기도 하고 꼭 붙어 다니고 힘들 땐 서로의 힘이 돼 줬다. 그치만 힘들었던 과거의 이야기까지 너무 깊숙이 하게 돼서 거리두기/대화금지를 시킨 것 같다. 이 언니랑 지금 말도 못 하고 얼굴 마주치는 것도 안 되는데 언니가 토요일이 퇴원이라는 소식을 들었다. 원래 같으면 퇴원카드는 내가 만들었을 텐데 난 그 언니가 떠날 때까지도 규칙을 지켜야 하나 보다. 근데 나는 자꾸 울고 싶지 않은데 눈물이 난다. 퇴원은 분명 축하해 줘야 할 일

잊은 게 아니라 지웠어요

인데 눈물이 난다. 서럽다. 진짜 슬프다. 사실은 그 언니
가 퇴원하지 않으면 좋겠다. 여기 있는 모두가 퇴원만을
바라보고 있지만… 나는 아직 준비가 안 되었다. 내일 당
장이라니 계속 눈물이 난다. 난 그냥 아무한테도 정을 주
면 안 되나 보다. 마음이 너무 허전하다. 내일이 안 왔으
면 좋겠다.

오늘은 토요일이라 〈봉오동전투〉라는 영화를 봤다. 보는 도중에 루비 언니가 퇴원했다. 너무 슬퍼서 울었다. 사람들은 이게 대체 뭐가 슬픈 일인지 이해하지 못할 거다. 나 지금 너무 외롭다. 쓸쓸한 기분이 이런 기분인지 첨 알았다. 그냥 다 모르겠고 분명 아무것도 하기 싫은데 너무너무 심심하다.

오늘은 한가한 일요일이다. 어젯밤 먹은 약은 나한테 잘 맞는 건지 3번 정도밖에 깨지 않고 병원에서 처음으로 늦잠까지 잤다.

지금은 밥도 먹고 침대 시트도 갈았다. 오늘은 할 일이 많다.

오늘까지만 시간약속 잘 지키면 되는데 못 지키고 깜빡해서 생각하는 시간 1시간 했다. 너무 힘들었다. 3일간 내가 해야 할 셀프 체크리스트를 모두 O 하면 우리 오빠가 보내줬다던 다이어리를 받을 수 있다. 기대된다. 다이어리 같은 건 한 번도 써 본 적이 없어서 어떻게 하는지 잘 모르는데 앞으론 일정을 적을 계획이다.

아 근데 더 이상 쓰고 싶은 말도 없고 할 말도 없고 귀찮다 그만 써야겠다.

집 가고 싶다. 드디어 월요일이 돼서 주치의 쌤한테 퇴원
시켜달라고 울면서 말했지만 결국 퇴원하지 못했다. 그리
고 오늘 갑자기 생리가 터졌다. 뭐지 대체 안 좋은 일은
한꺼번에 일어난다더니. 그래 나 너무 불행하다.

잊은 게 아니라 지웠어요

오늘은 어제보다 덜 울었다. 어제의 난 집에 당장이라도 가지 않으면 미쳐 버릴 것 같았는데 내게 정작 필요했던 건 고생했다 수고했다 이런 작은 위로라고 주치의 선생님이 그러셨다. 맞는 말이다. 내게 지금 필요한 것은 엄마, 아빠, 퇴원이 아닌 잘 버텨왔다는 말이다. 내가 퇴원할 수 있을 땐 이 고비를 한 발짝 넘고 계단을 올라갈 날에 할 수 있을 것이다. 나는 할 수 있다. 어차피 영원히 여기 있는 것이 아니니깐.

오늘은 면담을 조금 늦게 했다. 주치의 선생님만 하루 종일 기다렸다. 오늘은 씩씩하게 면담하면서 울지 않았다. 내가 물어보고 싶은 것과 궁금한 것도 다 물어봤다. 내일은 전화면회 하는 날이다. 내일 내가 엄마한테 무슨 말을 할지는 내일의 내가 정하는 거다. 나는 여기 버티러 온 게 아니다. 나는 여기 치료받으러 왔다. 치료가 끝나야 가지 그 전에 나가고 싶다고 우는 것은 고집이다. 아무튼 이따 저녁에 밥 먹고는 또 어떤 마음일지는 모르겠지만 치료받으러 온 것이라는 생각을 계속해 봐야겠다.

이 일기장을 다 쓰기 전엔 가겠지?

잊은 게 아니라 지웠어요

오늘도 주치의 선생님이랑 면담을 했다. 이번 주가 퇴원
에 조금 더 기울어지는 한 주라 하셨다. 근데 아쉽게도
다음 주부턴 다른 선생님하고 면담을 한다고 들었다. 아
쉽다. 내가 유일하게 말문을 튼 선생님인데. 그래도 다음
주 선생님 기대가 된다. 빨리 퇴원시켜 주시면 좋겠다.

오늘은 오랜만에 일기장을 펼쳐본다. 지난 월~수 내내 답답한 기분이 최고조의 상태였다. 하루하루가 고통스러웠고 절대 이 순간이 지나가지 않을 것 같았다. 근데 지금 일요일이다. 다 지나갔고 힘들었던 순간도 다 지나갔다. 그리고 요즘엔 나를 키우는 리스트라는 것을 하고 있다. 시작한 지 3일째 됐다. 오늘은 하루에 5개 이상 15분씩 내가 하고 싶은 전환 활동을 하면 저녁 8시에 엄마가 보내준 5개의 편지 중 1장을 받는 것이다. 지금까지 2장 모았다. 처음 받았을 때 울고 또 보고 울고 또 보고 울고… 방금까지 이 짓거리를 반복하고 있었다. 근데 엄마 편지라도 없으면 난 아마 여기서 더 이상 못 버틸 것이다. 그리고 기쁜 소식이 있다. 다음 주 화요일이 외박 가는 날이다. 이제 3일만 더 자면 우리 집에 갈 수 있다. 나는 저녁 8시에 하루하루 받는 엄마의 편지와 다음 주 외박만 바라보며 버티고 있다. 근데 지금 점심을 먹었는데 시간이 너무너무 안 간다. 잠을 자면 좋은데 잠도 안 오고. 아 맞다, 오늘 할로윈데이다. 입원을 하지 않았으면 내 소중한 친구들이랑 롯데월드 갔을 텐데 정말 아쉽다. 시간아, 빨리 가라. 빨리 화요일 돼서 외박 가고 싶다. 외박 가서 엄마 꼭 안고 싶다. 엄마가 너무 보고 싶다. 요샌 눈물이 나면 그냥 울어 버린다. 누가 그랬는데 나보고 표현 좀 하라고 근데 우는 것도 내 표현이라고 표현하는 방법을 연습하는 중이다. 그리고 울어야 마음이 한결 나아지기도 한다.

이 일기장을 다 쓰기 전엔 나갈 수 있겠지. 내일이 기다리고 기다리던 바로 1박 2일 외박이다. 오늘 하루가 제발 빨리 지나갔으면 좋겠다. 괜찮겠지? 외박하고 병원 와서 바로 다음 날에 퇴원하면 진짜 딱 좋겠다. 그치만 그건 너무나 큰 내 꿈이지 현실로썬 불가능에 가깝다. 요새 엄마 편지를 매일 보는데 볼 때마다 같은 내용이지만 눈물이 난다. 편지에 눈물방울이 떨어졌다. 소중한 건데 조심할걸.

아니 근데 바뀐 주치의 선생님은 대체 누구실까. 궁금하다. 이름만 들어보고 한 번도 뵌 적이 없다. 이따 오후나 오전쯤 면담하시러 오겠지? 좋은 분이면 좋겠다.

잊은 게 아니라 지웠어요

오늘은 조금 시원섭섭한 이야기를 담아보려 한다.

이번에 바뀐 주치의 선생님은 너무너무 좋으신 분이셔서 다행이다. 근데 내가 2일 뒤 일요일에 드디어 퇴원을 한다. 일요일이면 65일째에 나가는 것인데 거의 뭐 반 군대 수준이다. 이제는 정말 여길 떠날 준비를 해야 한다. 그래서 시원하기도 하고 섭섭하기도 하다. 외박 나갔을 때 너무너무 좋았는데 이제 그 행복만을 꾸준히 누릴 수 있다니 너무 기분이 좋다. 그래서 오빠가 보내준 플래너에도 퇴원 날짜 기록해 뒀다.

내가 여기 처음 왔을 때 있던 사람들은 모두 퇴원하고 내가 마지막이 된 게 너무 신기하고 아쉽다. 내가 지냈던 9호실은 너무 기억에 남을 것 같다. 간호사 선생님들도 다 보고 싶을 것 같다. 외래 때 가끔 들러야겠다. 나가서 할 게 너무 많다.

그런데 같은 방 동생이 걱정된다. 걔도 빨리 퇴원하면 좋을 텐데. 남은 치료 잘 받고 퇴원 무사히 잘 했으면 좋겠

다. 아주 예전에 퇴원한 언니들도 보고 싶다. 정이 많이
든 언니들이었다. 아무튼 나도 생각보단 입원한 날짜가
길어지긴 했는데 이제는 나가게 돼서 다행이다. 내일만
지루한 토요일 잘 넘기면 된다.

담당 간호사 선생님이 내 퇴원카드를 만들어 주셨는데
내가 좋아하는 앵무새라서 정말 기분이 좋았다. 근데 과
연 내 퇴원카드에 편지를 적어줄 사람이 있을까 걱정이
된다.

잊은 게 아니라 지웠어요

드디어 내일 퇴원이다. 근데 지금 점심으로 카레를 먹었다. 오늘은 편지 같은 선물을 받을 게 없고 기분도 따분하기 때문에 행동 계획표는 하지 않을 거다. 이건 나만 볼 수 있는 일기니까 솔직하게 쓰겠다. 갑자기 애들이 날 피하고 싫어하는 것 같다. 퇴원카드도 어제부터 거실에 계속 놓여 있었는데 한 명 빼고 아무도 써주질 않았다. 그리고 나한테 말도 안 붙이고 속상하다. 엊그제까지만 해도 괜찮았는데 안 그랬는데…….

이따가 선생님이 쓰라고 하시니까 억지로라도 써주겠지. 아닌가. 이건 내가 그동안 배웠던 지레짐작인가 여기고 미리 속상해하지 말자고 계속 생각하는데 너무 속상하다. 난 내일 여길 떠나는데… 하여간 엄마 빨리 보고 싶다.

잊은 게 아니라 지웠어요

초판 1쇄 2024년 3월 30일
초판 2쇄 2024년 4월 5일

지은이 한봄
발행인 김재홍
교정/교열 김혜린
디자인 박효은
마케팅 이연실

발행처 도서출판지식공감
등록번호 제2019-000164호
주소 서울특별시 영등포구 경인로82길 3-4 센터플러스 1117호(문래동1가)
전화 02-3141-2700
팩스 02-322-3089
홈페이지 www.bookdaum.com
이메일 jisikwon@naver.com

가격 12,000원
ISBN 979-11-5622-864-6 43810